거북이, 장가보내기

이 도서의 국립중앙도서관 출판시도서목록(CIP)은 e-CIP 홈페이지(http://www.nl.go.kr/cip.php)에서
이용하실 수 있습니다. (CIP제어번호: CIP2007001759)

거북이, 장가보내기

소중애 글 | 오정택 그림

지평선　8

멀어져 간 바다　14

축복의 새　22

누이가 있었는데……　30

덤불트리　42

달빛 아래 회의　52

암거북이 찾기　58

사자 바위를 향해　66

우정　80

겨울의 시작　84

길고도 깊은 잠 속으로　92

사막의 수다쟁이들　102

지평선

거북이는 먼 지평선을 바라보았습니다.
동쪽 하늘이 분홍빛 솜사탕처럼 부드럽게 밝아 오고
있었습니다.

해가 뜰 무렵이면 바위에 올라가 하염없이 지평선을
바라보는 것은, 거북이의 오랜 버릇이었습니다.
콧등에 엷은 빛이 닿으면서 주름투성이 얼굴에
어둡고 쓸쓸한 그늘이 졌습니다.
집으로 돌아가던 붉은여우가 멈춰 섰습니다.
"오늘도 덥겠어."

입에 물고 있던 커다란 들쥐를 내려놓으며 붉은여우는
거북이에게 말을 걸었습니다.
조각 이불 무늬 둥근 등딱지에 빛을 얹은 채 거북이는
움직임 없이 대답했습니다.
"덥겠지."
눈가 주름 틈 사이로 눈물이 흘러내리는 것을
붉은여우가 보았습니다.
"또 울고 있구나."
"이슬이 맺힌 거야."
거북이는 앞발로 눈가를 닦았습니다.
지평선을 보고 있으면 눈에서 자꾸만 눈물이
흘러나왔습니다.

붉은여우는 거북이를 따라 먼 지평선을 바라보았습니다.
쫑긋 선 두 귀로 작은 소리 하나 놓치지 않으려고 집중하면서
붉은여우는 두 눈을 반짝였습니다.

지평선의 붉은 빛은 부챗살처럼 넓게 퍼져 나갔습니다.
코끝에 닿는 차가운 공기가 아까보다 부드러워졌을 뿐
주위에는 아무런 움직임도 없었습니다.
붉은여우는 가볍게 한숨을 내쉬었습니다.
"바다는 돌아오지 않아."
붉은여우의 말에 거북이는 천천히 고개를 끄덕였습니다.
"나도 알아."

"그러니까 기다리지 마."

"응."

거북이와 붉은여우는 이와 같은 말을 얼마나 많이 나누었는지 모릅니다.

"가야겠어. 아내가 아기를 낳더니 얼마나 많이 먹는지……."
붉은여우는 내려놓았던 들쥐를 물고 거북이 앞을 떠났습니다. 돌아가 아기들을 봐 줘야 아내도 쉬면서 느긋하게 들쥐를 먹을 것입니다.

거북이는 점점 더 밝아지는 지평선을 보며 눈물을 주르르 흘렸습니다.

멀어져 간 바다

아주 오래전 이곳 자갈 사막이 바다였을 때,
그때부터 거북이는
많은 친구들과 함께 그 바다에서 살았습니다.

바다 속에서 거북이의 네 다리는 가볍고 자유로워,
원하는 곳 어디든 헤엄쳐 다녔습니다.
산호초 사이를 산책하기도 하고
해초 숲에서 숨바꼭질도 했으며
물결 따라 몸을 뒤집으며
춤을 추기도 했습니다.

그 즐겁고 평화롭던 바다가 어느 날부터인가

변하기 시작했습니다.

"바닷물이 나가고 있어."

"바다 속 어딘가가 뒤집힌 것이 틀림없어."

바다 속 식구들이 술렁거렸습니다.

바닷물은 자꾸만 자꾸만 뒷걸음쳐 물러났습니다.

해안은 허옇게 넓어지고 바다 속 바위가 드러났습니다.

바다는 바위에 발붙이고 사는 따개비, 말미잘, 산호초를

남겨 두고 멀어져 갔습니다.

그리고는 모자반, 미역, 다시마, 해초 풀숲을 버렸고,

다음에는 걸음 느린 바다 식구들을 버리고 떠났습니다.

거북이는 멀어져 가는 바다를 따라

있는 힘을 다해 헤엄쳤습니다.

잠든 사이 바다를 잃을까 봐 잠도 안 자고 헤엄쳤습니다.

밤낮없이 헤엄쳤지만, 어느 날 거북이 등딱지가

바닷물 위로 드러났습니다.

그 다음 날에는 젖은 모래 위에 덩그러니 남겨졌고,

며칠 뒤에는 바닷물이 아주 멀리서 반짝였습니다.

그리고 얼마 후

아무리 목을 빼고 보아도 반짝이는 물결이

보이지 않더니, 나중에는 코끝에 닿던

짭조름한 바다 냄새마저 사라졌습니다.

바다를 놓치고 만 것입니다!

태양은 바다가 떠난 대지 위에 불 같은 햇살을

뿜어 댔습니다.

해안선에 묻어 두었던 알들은 부화도 되기 전에 죽었습니다.

바위 그늘 속에서 운 좋게 깨어난

아기 거북이들은 하늘의 사냥꾼들에게

잡아먹혔습니다.

소금이 죽음의 대지를 덮었습니다.

하얀 소금은 차갑고 날카롭고 눈부시게 빛났습니다.

모든 것이 소금 아래 감춰졌습니다.

한낮은 불처럼 뜨겁고 밤은 얼음처럼 차가웠습니다.
오직 이슬과 안개만이 살아 있는 생명들에게 물을
주었습니다. 그 작은 물방울만으로는 살 수 없는
생명들이 또 죽어 갔습니다.

거북이는 그렇게 많은 생명들이 죽어 가는 것을 보면서
살아왔습니다.

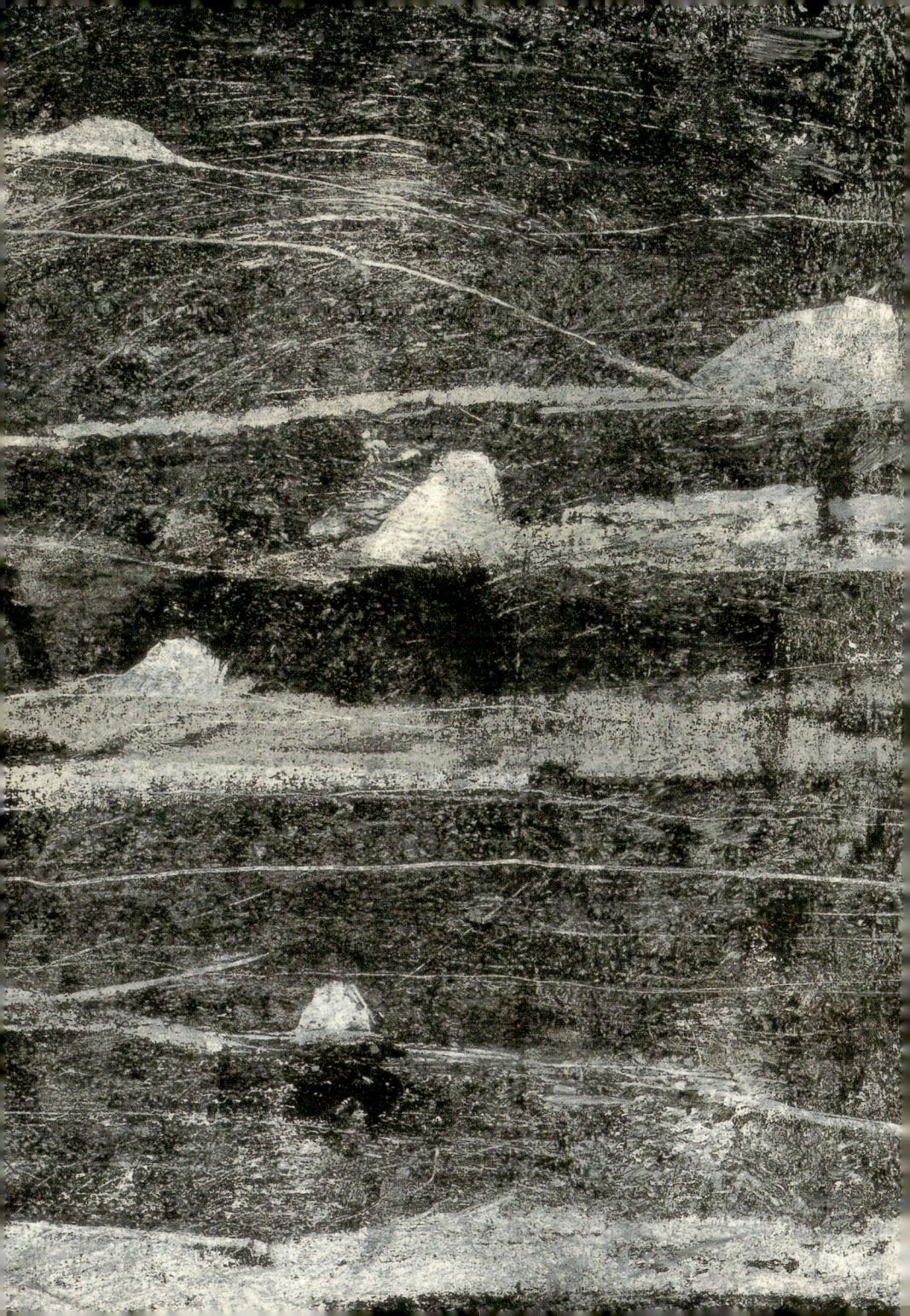

축복의 새

벌겋게 달아오르던 지평선에서 커다란 태양이 불끈
솟아올랐습니다. 순식간에 열기가 사막에 확 퍼졌습니다.

"끼아악!"
갑자기 나타난 크고 긴 그림자가 거북이를 덮었습니다.
"안녕!"
사막에서 가장 빠르고 가장 높이 나는 독수리가
활기찬 목소리로 인사했습니다.
거북이는 고개를 들어 올리며 미소 지었습니다.
파란 하늘에 떠 있는 독수리를 올려다볼 때마다
바다 속을 헤엄치는 한 마리 물고기 같다고 생각했습니다.
"우리 아내가 알 두 개 낳은 것, 이야기했었지?"

독수리는 날카로운 눈에 웃음을 담고 거북이를
내려다보았습니다.
"응."
"나는 가슴이 막 두근거려."
"그렇겠지."

바다가 사막이 되니 계절까지 바뀌었습니다. 비 한 방울
내리지 않는 여름과 비 내리는 겨울로 말입니다.
계절이 바뀌고 소금이 비에 녹아 사라지는 긴 시간이 지나자,
사막에는 새로운 친구들이 나타났습니다.
독수리, 붉은여우, 방울뱀, 까마귀, 들쥐, 고슴도치,
유쾌한 나무 덤블트리가 바로 그들입니다.

그들 중에서 독수리가 가장 행복했습니다.

독수리는 마을 사람들의 숭배를 받았기 때문입니다.

"독수리는 신에게 가장 가까이 갈 수 있는 성스러운 새야."

"신과 인간 사이를 이어 주는 고마운 새지."

사람들은 독수리를 축복 받은 새라고 여겼습니다.

그래서 독수리 깃털이라도 주울라치면 그것을 몸에 붙여 독수리처럼 꾸미기를 좋아했습니다.

사람들은 독수리에게 먹이를 주기도 했습니다. 그래야 독수리가 신에게 가서 사람들에 대해 좋게 이야기해 준다고 믿었습니다.

그러나 독수리는 한 번도 신을 만난 적이 없습니다.

"알을 두 개 낳았어.

겨울이 오기 전에 새끼들이 나와야 하는데 말이야."

독수리는 공중을 돌면서 말했습니다.

독수리의 검은 그림자가 거북이 몸을 가렸다 벗겼다
했습니다.

"붉은여우를 만났어? 새끼를 낳았나 모르겠군."

"새끼를 다섯 마리나 낳았대. 방금 들쥐를
잡아가지고 갔어."

"다섯 마리나!

올해는 들쥐들이 많은가 보군."

들쥐가 많으면 붉은여우는 새끼를 많이 낳았습니다.
독수리는 입맛을 쩍 다셨습니다. 들쥐는 독수리도
좋아하는 먹이였습니다.

"나도 부지런히 먹이를 잡아가야지.
알잖아, 배고프면 아내가 소리 지르는 거."

거북이는 고개를 끄덕였습니다.

사막에는 별 소리가 없습니다.

뜨거운 태양에 무너지는 바위 소리.

바람이 바위틈 사이를 지날 때 나는 이상한 소리.

방울뱀 소리.

서늘한 밤중에 돌아다니는 짐승들의 발자국 소리.

덤블트리가 굴러다니는 작은 소리.

그리고 암독수리 소리가 있습니다.

배가 고프거나 마음에 안 드는 일이 있으면 암독수리는

날카롭고 소름끼치는 소리를 질러 댔습니다.

"크아아아, 크아아."

암독수리의 소리가 사막에 울려 퍼지면
모두 숨을 죽이며 몸을 떨었습니다.
거북이와 독수리도 암독수리 울부짖는 소리를
그들과 똑같이 느끼고 있었습니다.

"가야겠다. 안녕!"
독수리가 서둘러 하늘 높이 날아올랐습니다.

누이가 있었는데……

바다 식구들 중에서 가장 오랫동안 살아남은 것은
거북이 가족이었습니다.
그러나 그들도 사막에 적응하지 못하고
하나 둘 사라져 갔습니다.

몇 년 전까지만 해도 거북이는 누이와 함께 살았습니다.
그해는 유난히도 먹을 것이 드물었습니다. 겨울에 비가
아주 조금밖에 안 왔기 때문입니다.
그렇게 먹이가 없을 때 누이는 운 좋게도 바위틈에 난
작은 선인장을 발견했습니다.
"어머나, 여기에 선인장이 있네!"

누이는 오랜만에 맛있는 먹이를 보자 몹시 서둘렀습니다.
어찌나 급히 바위 위로 올라가는지 누이의 몸짓이 위태로워 보였습니다.
아니나 다를까, 누이는 발을 헛디뎌
바위 위에서 굴러 떨어졌습니다.

누이는 뒤집어지면서 바위틈에 끼여 버렸습니다. 다리를
버둥거리자 누이의 몸은 점점 더 바위틈 깊숙이 들어가,
나중에는 꼼짝도 못하고 가쁜 숨만 내쉬었습니다.
하늘의 태양은 무섭게 이글거렸고 주위에는 도와줄 친구
하나 없었습니다.
"아우야!"
누이는 헉헉 숨 막히는 소리로 거북이를 불렀습니다.
"조금만 참아, 내가 갈게!"

거북이는 누이를 향해 달려갔습니다.

지금도 거북이는 자신이 있는 힘을 다해 누이를 향해 달렸다고 생각합니다. 그러나 문득문득 '조금 더 빨리 달렸더라면 누이를 살릴 수 있었을 텐데.' 하는 생각에 한밤중에도 잠에서 깨곤 했습니다.

거북이는 죽을힘을 다해 달렸지만 누이와의 거리는 아주 조금씩 줄어들 뿐이었습니다.

거북이가 도착했을 때 바위틈에 끼여 가슴이 부서진 누이는 바위 위로 나온 얼굴과 뱃가죽이 허옇게 말라 죽어 있었습니다.

거북이는 누이의 주검 옆에 마냥 앉아 있었습니다.
세상에 혼자 남았다는 생각이
가슴을 텅 비게 만들었습니다.

해 질 무렵, 독수리와 붉은여우가 찾아왔습니다.

"누이 일은 정말 안되었네."

둘은 침울하게 입을 열었습니다. 거북이는 주르르 눈물을 흘렸습니다.

"……"

"이런 때, 이런 말 해서 미안하지만…… 우리가 누이를 먹으면 안 될까?"

두 날개를 가지런히 접은 독수리가 어렵게 입을 열었습니다.

"안된 일이지만…… 누이는 이미 죽었고…….

그리고 요즘은 먹을 것이 워낙…… 없어서……."

붉은여우도 눈치를 보며 조심스레 말했습니다.

거북이는 그렇게 물어봐 준 친구들이 고마웠습니다.
말을 꺼내기까지 두 친구가 얼마나 힘들었을지 거북이는
충분히 짐작할 수 있었습니다. 우리는 모두, 황량한 사막에서
오늘을 살아가는 작은 생명일 뿐입니다.
거북이는 가만히 고개를 끄덕여 보였습니다.
독수리가 단단한 부리로 누이 몸을 바위틈에서 꺼냈습니다.
텅 빈 사막에 독수리와 붉은여우가 누이를 먹는 소리가 울려
퍼졌습니다. 콕콕 쪼아 대는 소리, 찢는 소리, 뼈 씹는 소리.
거북이는 바위 위에 올라가 누이가 놓쳤던 선인장을 뜯어
먹었습니다. 선인장을 먹으면서 거북이는 하염없이 눈물을
흘렸습니다.
누이 덕분에 독수리와 붉은여우는 물론, 그들 가족 모두가
더 이상 굶주리지 않게 될 것입니다.
그들은 그해를 잘 넘겼고 무사히 새끼들을 키울 수
있었습니다.

덤블트리

따그락, 따그락, 따그락, 따그락…….

덤블트리가 구르며 다가왔습니다.
덤블트리가 다닐 때마다 나는 소리는
장난 삼아 내는 소리인지, 몸이 흙과 돌멩이에
부딪혀 나는 소리인지 아무도 모릅니다.

"울고 있어?"

한낮의 공기처럼 가볍게 덤블트리가 물었습니다.

"이슬이야."

"이슬은 무슨 이슬. 해가 떠올랐는데."

죽은 누이의 찌꺼기는 땅속에 묻혀 덤블트리를 키웠습니다.

덤블트리는 좋은 영양 덕분에 여러 자매로 나뉘어 여기저기 굴러다니며 가족들을 퍼뜨릴 수 있었습니다.

"덥겠다."

덤블트리가 거북이 머리를 덮어 주었습니다.

잎 하나 없는 마른 가지였지만 훌륭한 그늘이 되었습니다.

덤블트리는 거북이를 가리고 조금 남을 정도로 작았습니다.

"몸이 작아졌구나."

거북이 말에 덤블트리는 맑은 소리를 내며 웃었습니다.

"여기저기 내 자매들을 좍 퍼뜨렸지."

덤블트리가 굴러다니며 끊어 놓은 가지들은 비 오는 겨울이 되면 뿌리를 내리고 몸을 키울 것입니다.

그들은 그렇게 몸을 키웠다가 여름이 되면 뿌리를 끊고 굴러다녔습니다.

"배가 고프면 날 먹어도 좋아."

덤블트리가 가지 끝을 거북이 입에 대 주었습니다.

"왜 아침마다 우니? 바다가 그리워서 우는 거야?"

"바다는 이제 먼 옛날이야기인걸."

"그럼 왜 울어? 외로워서 우는 거야?"

덤블트리가 거북이 마음을 읽으려는 듯 한참 동안 쳐다봤습니다.

"그래……. 난 자매들이 많아서 몰랐는데…… 너처럼 가족 없이 혼자 산다면 하루하루가 힘겨웠을 거야."
거북이는 덤블트리의 마른 가지를 조금 씹어 삼켰습니다.
친구의 마른 가지를 먹으며 거북이는 또다시 눈물을 주르르 흘렸습니다.

덤블트리는 거북이 등딱지 검은 부분을 들여다봤습니다.
"불에 덴 곳이 아파?"
"아프지 않아.
내 몸과 마음은 바위처럼 느낌이 없어."
덤블트리는 잔가지로 거북이의 등을 쓰다듬었습니다.
"너무 오래 사니까 지겨워."

나무 한 그루 없는 넓은 땅,

바위와 자갈투성이 사막에 거북이는 바위처럼 살아온

자신이 힘겨웠습니다.

오늘따라 더 그런 생각이 들었습니다.

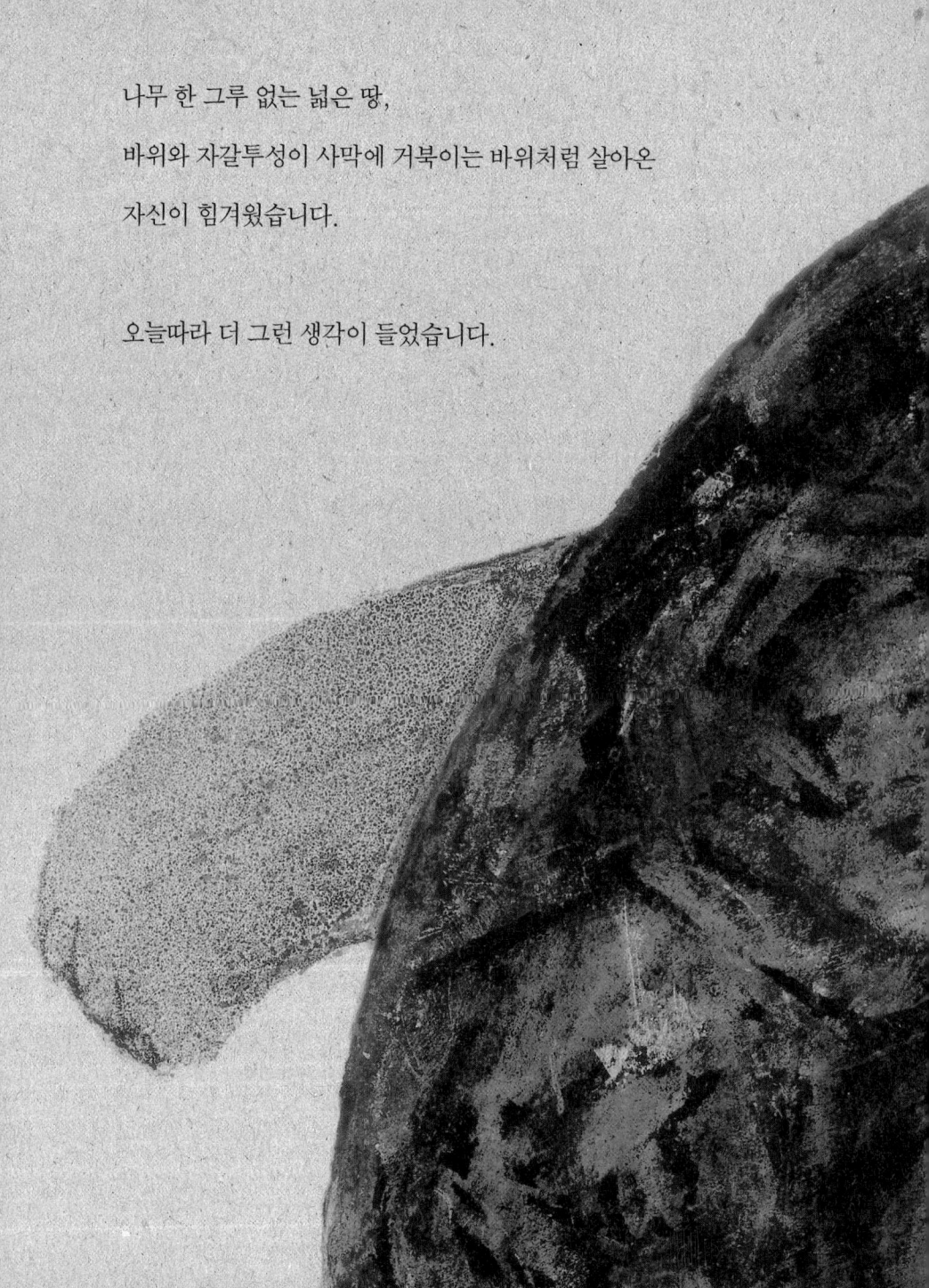

"왜 그런 말을 해? 독수리가 알 낳고 붉은여우가 새끼를 낳은 게 부러워서 그래?"

"그냥 그런 생각이 들어. 난 언제까지 살까?

이건 내가 사는 것이 아니라
그냥 살아지는 거야.

너무 오래 사는 것 같아."

거북이는 무거운 등딱지에 짓눌려 있는 것처럼 보였습니다.

"아냐, 아냐. 오래 살아서 지겨운 게 아냐, 친구가 없어서 지겨운 거야."

덤블트리는 상냥한 목소리로 위로했습니다. 사막에서 이렇게 상냥한 소리를 내는 것은 덤블트리뿐입니다.

"나는 정말 이제 사는 것이 지겨워."
사막처럼 건조한 목소리였습니다.
"네게는 새롭고 특별한 친구가 필요해!
바다에서 놀던 옛날이야기도 하고
사랑도 나눌 수 있는 암거북이 말이야."
덤블트리는 신이 나서 외쳤습니다.
"너에겐 여자 친구가 필요해."
"……."

덤블트리는 깔깔 웃더니 굴러가기 시작했습니다.
따그락, 따그락…….

달빛 아래 회의

달빛이 사막을 비추고 있었습니다.

한낮에는 모든 생명을 구워낼 듯 더웠고,

밤에는 바위라도 얼릴 듯 추웠습니다.

조개 박힌 바위 아래 검은 그림자들이 어른거렸습니다.

독수리, 붉은여우, 덤블트리였습니다.

"그때 네가 봤다고 했잖아."

덤블트리가 다그치자 독수리는 고개를 길게 뺐습니다.

"오래전 이야기야. 아직도 그 거북이가 살아 있는지는 몰라."

재작년인가 작년인가, 독수리는 사막 한쪽 귀퉁이에서

암거북이를 본 적이 있습니다.

"그러니까 찾아보라고."

덤블트리가 졸라 댔습니다.

"안 돼. 난 둥지를 떠날 수 없어. 알잖아, 아내가 알을 품고 있는 거. 내가 먹이를 구해다 줘야 한단 말이야."

"그럼 넌?"

덤블트리는 붉은여우를 쳐다봤습니다.

붉은여우도 고개를 저었습니다.

"나도 안 돼. 애들이 젖을 뗄 때까지 아내에게 먹이를 구해다 줘야 해. 아니면 아내가 먹이를 구하러 간 동안에 아이들을 보거나."

덤블트리는 독수리와 붉은여우 주위를 데굴데굴 굴러다니면서 생각에 잠겼습니다.

"거북이를 저렇게 살다가 죽게 할 수는 없어."

"그래. 살아가는 게 지겹다니,
정말 끔찍한 말이야."

붉은여우가 물에 젖기라도 한 듯 부르르 몸을 털었습니다.

"세상이 얼마나 활기차고 신나는데, 그걸 모르다니."

독수리가 고부라진 부리를 꽉 다물고 달빛을

노려보았습니다.

"거북이 곁을 지나간 많은 친구들이 하지 못한 일을,

우리가 해 줘야 해."

둥근 달이 서쪽으로 기울 때까지 세 친구는

거북이 걱정을 했습니다.

이윽고 세 친구는 뭔가 계획을 세웠습니다.

"이크, 늦었다. 빨리 사냥을 해야겠어."

회의가 끝나자마자 자리를 뜬 것은 붉은여우였습니다.

"넌 안 가?"

덤블트리가 묻자 독수리가 우물쭈물 혼잣말을 하더니 걸어서 바위 그림자 사이로 사라졌습니다.

암거북이 찾기

독수리는 길을 떠났습니다.

날개를 힘차게 저으며 암거북이를 보았던 곳까지

날아갔습니다.

뜨거운 열기 속에서 어른거리는 크고 작은 자갈과 바위들과

그것들이 만들어 낸 짙은 그림자 위를, 독수리는 수십 차례

선회했습니다.

"없어, 샅샅이 살펴보았는데도 없어."

독수리는 암거북이를 찾지 못하고 돌아왔습니다.

다음 날, 독수리는 동틀 무렵에 일어나 둥지를 떠났습니다.
그것은 독수리에게 아주 드문 일이었습니다.
크고 넓은 날개를 펄럭이며 나는 데는 많은 힘이
필요했습니다. 그래서 독수리는 해가 높이 떠서 뜨거워진
공기가 자신의 몸을 떠받쳐 줄 때까지, 둥지를 떠나지 않는
습관이 있었습니다.
"그러나 어쩌겠어, 친구를 위해서라면……."
독수리는 오랜 습관을 깨고 힘겹게 날개를 퍼덕이며 무겁고
차가운 공기 속을 비상했습니다.

그러나 그날도 독수리는 암거북이를 발견하지 못했습니다.
다음 날 독수리는 좀 더 일찍, 사막이 아직 어둠 속에
잠겨 있을 때 둥지를 떠났습니다.

하루하루 더 일찍 일어났고, 더 멀리까지 갔다 왔습니다.

"당신 하는 일이라니……."

암독수리가 불평했습니다.

"돌아가신 아버님이 말씀하셨어, 거북이처럼 좋은 친구가 없다고 말이야. 먹이가 없어 굶주리던 해에 죽은 자기 누이를 먹게 해 주었대. 그 덕분에 엄마, 아빠는 우리를 낳아 기를 수가 있었고."

독수리의 말에 암독수리는 입을 다물었습니다.

며칠 동안 날개가 떨어질 것처럼 아프게 날아다닌 보람이 있었습니다.

"거북이 걸음으로 백 일 밤낮을 가야 하는 곳에 사자 모양의 바위가 있어. 그 아래에 암거북이가 있어!"

독수리는 친구들에게 기쁜 소식을 전해 줄 수가 있었습니다.

"백 일 밤낮…… 거기까지 거북이가 어떻게 가."

붉은여우가 반짝 쳐들었던 꼬리를 설레설레 흔들었습니다.

"그게 걱정이야. 거북이가 조금만 작았어도

내가 안아다 줄 수 있는데……."

세월의 두께만큼 무거워진 거북이는 독수리가 감당할 수

없는 무게를 지니고 있었습니다.

모든 일을 낙천적으로 생각하는 덤블트리가

친구들을 위로했습니다.

"백 년을 사는 거북이에게 백 일 밤낮은 아무것도

아니잖아. 내가 같이 가겠어."

"고맙기도 하지!"

독수리와 붉은여우는 안도의 숨을 내쉬었습니다.

세 친구는 거북이를 찾아갔습니다.
"싫어, 난 변화가 싫어.
이곳에서 이렇게 살 거야."
거북이는 우울한 눈빛으로 지평선만 바라보았습니다.

덤블트리가 곁에서 혀를 찼습니다.
"넌 그 두꺼운 등딱지에 굵은 목, 그리고 우리 중
아무도 따라갈 수 없는 힘 있는 네 다리를 갖고 있는데
참으로 허약하고 겁이 많구나."
"……."
"넌 우리보다 훨씬 오래 살잖아. 넌 이 여행을 해야 해."
붉은여우가 꼬리털로 거북이 등을 툭툭 치면서
장난스럽게, 그러나 진지함을 잃지 않은 목소리로
말했습니다.

"넌 여기 남은 마지막 거북이야. 네가 죽고 나면
거북이는 없어."
이번에는 독수리가 입을 열었습니다. 그러나 어떻게 말을
이어야 할지 몰라 우물쭈물하는 사이 거북이는
더욱 우울한 얼굴을 했습니다.
"그건 내 잘못이 아냐. 바다가 그렇게 사라질 줄
누가 알았겠어."
덤블트리가 나섰습니다.
"사자 바위 아래에서 혼자 살고 있는 불쌍한 암거북이를
생각해 봐. 혼자 살아 있다는 것이 얼마나 외롭고 쓸쓸하고
끔찍하게 재미없는 일인지 넌 잘 알잖아.
네가 그 암거북이에게 가서 친구가 되어 주면
얼마나 고마워하겠어."
거북이는 생각에 잠겼습니다.

외로움은……
뜨거운 태양이 내리쬐는 날에도 언뜻언뜻 소름이 돋도록
추위가 느껴지는 것입니다.

외로움은……
배부르게 먹고도 느끼는 배고픔 같은 것이고

외로움은……
바람에 구르는 작은 덤블트리 소리에도 잠이 깨어
다시는 잠 못 드는 것입니다.

'한밤에 홀로 깨어 있었던 그 많은 시간들을 잇고 이으면
사막을 덮고도 달까지 갈 거야.'
외로움, 그게 뭔지 거북이는 너무나 잘 알았습니다.
거북이는 더 이상 고집 부리지 않았습니다.

사자 바위를 향해

거북이와 덤블트리는 길을 떠났습니다.
"같이 가면 좋을 텐데……."
독수리는 친구들 위에서 날개를 퍼덕였습니다.

붉은여우는 거북이와 걸음을 맞추지 못했습니다.

그들은 친구였지만 한 번도 같이 걸어 본 적이 없었습니다.

붉은여우는 앞으로 달려갔다가 되돌아와 거북이 옆에서

걸음을 맞추고 다시 앞으로 내닫곤 하면서 배웅을 했습니다.

그리고 점심때쯤 독수리와 붉은여우는 거북이와

덤블트리에게 작별을 고했습니다.

"조심해."

"잘 가."

인사를 하고도 독수리와 붉은여우는 얼른 되돌아가지 못했습니다.

둘은 거북이와 덤블트리가 느릿느릿 아지랑이 속으로 멀어지는 것을 바라보았습니다.

"무사히 갈 수 있을지……."

동글동글한 덤블트리와 바구니를 엎어 놓은 것 같은
거북이가 느릿느릿 걸어가는 모습을, 두 친구는
걱정스럽게 쳐다보았습니다.
거북이와 덤블트리는 태양이 머리 위로 와 코끝이 갈라질
것처럼 덥고 건조해졌을 때만 잠시 쉬었을 뿐,
어두워질 때까지 걷고 또 걸었습니다.
밤하늘에 총총 크고 깨끗한 별들이 가득 떴습니다.
"아름답지?"
하루 종일 걸었기 때문에 몸이 더욱 작아진 덤블트리가
하늘을 올려다보며 탄성을 질렀습니다.

"바다에 꼭 별같이 생긴 친구가 살았어.
불가사리라고……."
거북이는 하늘을 올려다보며 중얼거렸습니다.

"나처럼 느린 친구였지."

"왜 그때 결혼하지 않았어?"

덤블트리의 물음에 거북이가 어처구니없다는 듯 웃었습니다.

"불가사리는 우리 종족이 아냐.

우리보다 아주 작은 친구야."

"아아니, 네가 바다에 있을 때 암거북이들이 많았을 텐데

왜 결혼하지 않았느냐고."

덤블트리는 졸음 가득 찬 목소리로 물었습니다.

거북이는 눈을 가늘게 뜨고 먼 옛날의 기억 속을

들여다보았습니다.

어느 화창한 날, 거북이는 커다란 바위 아래 있었습니다.

거북이는 모랫바닥에 배를 대고 생각에 잠겨 있었습니다.

그때 거북이 눈앞에 검은 그림자가 드리워졌습니다.

고개를 들어 보니, 암거북이 하나가 바람에 날리는 나뭇잎처럼 살랑살랑 작고 귀여운 꼬리를 저으며 내려오고 있었습니다.

거북이와 눈이 마주치자, 암거북이는 머리를 쏙 집어넣으며 수줍어했습니다.

쿵쾅쿵쾅…….

거북이 심장은 요란한 소리를 내며 뛰기 시작했습니다.

거북이는 암거북이의 판판한 등딱지가 초록빛을 띠었다가

노랗고 푸른빛으로 변하는 것을 멍하니 올려다보았습니다.

같은 눈높이가 되었을 때에야 암거북이 등딱지가 보통의

길색이라는 것을 알았지만, 거북이 눈에는 여전히

무지개 빛으로 예뻐 보였습니다.

"너 알아? 바닷물이 빠지고 있대."

암거북이는 머리를 내밀며 속삭였습니다.

"알아."

조금 전까지 거북이 머릿속에 가득 차 있던 생각입니다.

"너희 가족들은 어떻게 한대?"

암거북이는 오랫동안 알고 지낸 사이처럼 스스럼없이

물었습니다.

"바다를 따라가야지."

거북이는 문득 두려움을 느꼈습니다.

"너는 어떻게 할 거니?"

이번에는 거북이가 물었습니다.

"우리 식구들은 별 걱정 안 해. 일시적인 일일 거래.

바다가 그렇게 개울물 줄어들 듯 없어지진 않을 거라고,

우리 아버지 생각이."

거북이는 몸을 부르르 떨었습니다.

"아냐, 떠나야 해! 바닷물이 빠른 속도로 빠지고 있어."

거북이의 아버지와 어머니는 많이 걱정하고 있었습니다.

"난 걱정 안 해. 있잖아, 나 내일, 또 놀러 와도 괜찮지?"

암거북이가 손을 흔들어 인사를 하고는 바위 위로 올라갔습니다.

"잠깐만, 잠깐만 기다려."

거북이는 암거북이와 헤어지기 싫었습니다.

"안 돼. 나 친구들과 약속 있어."

암거북이는 장난스럽게 꼬리를 흔들어 보였습니다.

"내일, 여기 바위 아래로 오면 되지?"

둘은 바위를 올려다봤습니다. 바위는 커다란 동물처럼 둘을 내려다보고 있었습니다.

"안녕!"

암거북이는 해초 사이로 헤엄치며 사라졌습니다.

"얘!"

거북이가 암거북이를 따라가는데 누이가 부르러 왔습니다.

"지금 떠나야 한대. 아버지가 널 데려오라고 하셨어."

거북이는 떠나지 않고 다음 날까지 기다렸습니다.
바닷물이 빠지면서 모랫바닥이 솟구쳐 눈앞이 뿌옇게
흐려졌습니다.
거북이는 어제의 그 바위 아래에서 암거북이를
기다렸습니다. 두 눈을 껌벅이며 뿌연 물결 너머를
뚫어지게 바라보았습니다.
암거북이는 나타나지 않았습니다.
거북이는 하루 이상을 기다릴 수가 없었습니다.
가족들 뒤를 따라 서둘러 헤엄쳐 갈 수밖에 없었습니다.

"그게 다야."

그게 처음이자 마지막으로 마음에 든 암거북이를 만났던 기억입니다.

거북이는 덤블트리를 돌아보았습니다.
덤블트리는 작은 몸을 웅크리고 잠이 들어 있었습니다.

우정

암여우는 눈을 치켜뜨고 붉은여우를 노려보았습니다.

후욱, 붉은여우 몸에서 열기와 땀 냄새가 느껴졌습니다.

젖은 털은 검붉었습니다. 붉은여우는 아무것도 잡아 오지

못했습니다.

"밤새 뭐 하고 다닌 거예요?"

붉은여우는 감기는 눈을 한 번 올려 뜨고는 그대로

주저앉아 잠이 들었습니다. 암여우가 앞발로 붉은여우를

툭툭 쳤습니다.

"밤새 뭐 하고 다니는 거예요? 벌써 며칠째 땀에 젖어서

돌아왔지만 사냥해 온 것이 아무것도 없잖아요."

붉은여우는 신음 소리를 내며 꼬리털 속에 머리를

묻었습니다.

"말을 해요, 말을."

암여우는 좀 더 세게 붉은여우를 흔들었습니다.

"날 좀 그냥 놔둬. 졸려, 너무 졸려……."

"도대체 뭘 하고 다니느냐고요!"

암여우는 으르릉 으르릉 어금니 소리를 냈습니다.

"거북이랑 덤블트리가 잘 있는지

잠든 얼굴을 보고 오느라고……."

잠에 깊이 빠져들면서 붉은여우는 중얼거렸습니다.

"애들이 다섯이나 있는 아빠가 친구에게 정신이 팔려

먹이도 안 잡아 오고. 못살아, 못살아."

암여우는 자고 있는 붉은여우를 흔들며 불평을

늘어놓았습니다.

"다시 한 번 더 친구들을 찾아가면 나는 아이들과 함께

떠날 거예요. 당신은 아빠 자격이 없어요."

붉은여우는 잠 끝을 잡고 고개를 끄덕였습니다.

"알았어, 알았다고……."

낮에는 독수리가 그늘을 만들어 주면서 거북이와 덤블트리를
따라왔습니다.

거북이가 괜찮다고 했지만 독수리에게는
독수리 마음이 있었습니다.

"저 날개털 거칠어진 것 좀 봐. 나는 하루 종일 알을 품고
앉아 굶고 있는데, 당신은 친구들 보러 매일같이 몇백 리 길을
마다 않고 날아다니니!"

암독수리의 화난 목소리가 하루도 거르지 않고 사막을
뒤흔들었습니다.

"한 번만 더 그렇게 멍청한 꼴로 돌아오면
당신의 머리털을 다 뽑아 버리겠어."

붉은여우도 독수리도 더 이상 친구들을 찾아가지
못했습니다.

겨울의 시작

"햇빛이 많이 기울었지?"

거북이가 서쪽 하늘을 올려다보며 말했습니다.

"응."

덤블트리는 계속 작아져 이제는 수박만 했습니다.

"길 떠난 지 몇 달은 된 것 같아."

"응."

"곧 겨울이 되겠지?"

"응."

거북이는 목을 빼 '응, 응' 건성으로 대답하는
덤블트리를 돌아보았습니다.
눈길을 느낀 덤블트리는 얼른 이야기를
이었습니다.

"이제는 붉은여우와 독수리도 오지 않네."

"너무 멀잖아."

"응."

"어디 아프니?"

"아니."

덤블트리는 공기 중에 물기가 점점 많아지는 것이
느껴졌습니다.
이제 곧 겨울이 옵니다. 겨울이 오면 비가 올 것입니다.
덤블트리 몸속 깊은 곳에서는 벌써 뿌리를 내리기 위해
준비 중이었습니다.
'비가 오면 뿌리가 나오고, 그럼 나는 꼼짝 못할 텐데…….
거북이는 누굴 의지해서 가나.'
명랑하기만 한 덤블트리에게도 이것은 큰 걱정거리였습니다.
"지쳤구나?"
거북이는 작아진 친구를 안쓰러운 눈으로 쳐다봤습니다.

그날 밤 덤블트리의 걱정대로 비가 왔습니다.

"덤블트리야, 아침이야. 길을 떠나자."
습기 찬 차가운 공기는 거북이에게 활기를 주었습니다.
"떠나야지……."
덤블트리는 무겁게 몸을 움직였습니다. 걸을 때마다
따그락거리던 소리가 사라졌습니다.
"어디 아파? 너무 조용하니까 이상하다."
"땅도 젖고 나도 젖었으니까 소리가 안 나지."
쇠뭉치처럼 무거운 몸을 굴리며 덤블트리는 힘겹게
말했습니다.

"바다 속에서 살 때는 등딱지가 넙적했는데
사막에 살면서 둥글게 변했어. 등딱지가 넙적하면
너를 등에 태우고 걸었을 텐데."
거북이는 미안하다고 했습니다.
"괜찮아. 몸이 좀 무거워지기는 했지만 너보다는 빨라.
그런데…… 자꾸만 졸려."
마른 가지에 물이 올라 오동통해진 덤블트리에게서
옅은 풀 내음이 났습니다.
거북이는 깊게 숨을 들이쉬었습니다. 축축한 공기와
덤블트리에게서 나는 냄새가 그를 행복하게 했습니다.

그날 밤 또다시 비가 왔습니다.
추적추적 밤새 내린 비는 아침이 되어도
그칠 줄을 몰랐습니다.
덤블트리는 한 발자국도 움직이지 못했습니다. 뿌리가
땅속으로 들어갔기 때문입니다.

"미안해. 나, 너무 졸려서…….
안녕, 거북아……. 너, 꼭 사자 바위까지
가야 해……."

거북이는 혼자 여행하게 되리라고는 생각도 못해 봤기
때문에 무척 당황했습니다. 서성이다가, 잠이 든 덤블트리
주위를 한 바퀴 돌아 인사를 하고 길을 떠났습니다.
그러나 열 걸음도 못 가 거북이는 걸음을 멈췄습니다.

단 한 번 보았지만 그의 마음을 설레게 했던 예쁜 암거북이를
생각했습니다. 오랜 세월이 지나 모습도 기억나지 않는
암거북이입니다.
누구를 좋아했던 것이 언제였던가…….
덤블트리에게서 나는 풀 내음을 좋아했는데…….
덤블트리는 깊고 깊은 잠에 빠져 바위처럼

움직이지 않습니다.
거북이는 자신이 암거북이를 찾아 멀고 먼 길을 가는 것이
부질없다고 생각했습니다.
뿌리 내린 덤블트리처럼 꼼짝 않고 서서 지평선을
바라보았습니다.

빗물과 함께 눈물이 흘러내렸습니다.
바위처럼 살아온 많은 세월이었습니다.
앞으로도 그런 날들이 주욱 이어질 것입니다.
거북이는 그렇게 생각했습니다.

길고도 깊은 잠 속으로

토독, 토독.

빗방울 떨어지는 소리에 붉은여우의 두 귀가 쫑긋 섰습니다.

그러잖아도 어제 내린 비를 걱정하던 터였습니다.

그런데 또 비가 오기 시작합니다.

붉은여우는 굴 밖에서 들려오는 빗소리에 뒤척이며 잠을

이루지 못했습니다.

"당신은 참 어쩔 수 없다니까……."

어둠 속에서 암여우가 가르릉거렸습니다.

"덤블트리는 이제 움직이지 못하고……

거북이 혼자서…… 알잖아, 거북이가 어떤지……

혼자서는 아무것도 못하는 마음 약한 친구잖아."

암여우가 한숨을 쉬면서 돌아누웠습니다.

"가 봐요. 마음이 거기에 가 있는데 여기에 누워서 무얼 하겠어요."

"……."

암여우는 어둠 속에서 붉은여우의 심장이 쿵쾅거리는 소리를 들은 듯했습니다.

붉은여우는 꼼짝하지 않았습니다.

"아이들이 깨어나 보채기 전에 어서 떠나요."

암여우의 재촉을 받고서야 붉은여우는 자리에서 벌떡 일어났습니다.

"거북이를 사자 바위에 데려다만 주고 달려올게."

붉은여우는 굴 밖으로 뛰어나갔습니다.

독수리는 큰 날개를 펴고 퍼러럭 흔들었습니다. 날개에 묻었던 물방울이 사방으로 날아갔습니다.
"애들 다 깨겠어요."
암독수리는 눈을 흘겼습니다.
알에서 깨어난 지 얼마 안 되는 아기 독수리들은 부숭부숭한 털 속에서 눈을 감고 있습니다.
"세상에 당신처럼 현명하고 너그러운 아내는 없을 거야."
독수리의 말에 암독수리가 웃었습니다.
"당신과 거북이처럼, 거북이가 결혼해서 낳은 아이들도 우리 아이들과 사이좋은 친구가 되었으면 좋겠어요."

독수리는 무거운 날개를 힘차게 펄럭이며 마을로 내려갔습니다. 비가 올 때면 마을 사람들이 그를 위해 먹이를 마련해 주었습니다.
독수리는 그들이 마련해 준 고깃덩이를 암독수리에게 갖다 주고 편한 마음으로 집을 떠났습니다.

날아가던 독수리는 조개 박힌 바위 옆을 달려가고 있는 붉은여우를 보았습니다.

"너도 가는 거야?"

독수리가 하늘에서 외쳤습니다.

"그래, 빨리 가자. 덤블트리는 이미 잠들었을 거야."

두 친구는 인사를 하는 둥 마는 둥 거북이가 있는 곳을 향해 바람을 가르며 달렸습니다.

잠을 자고 있던 덤블트리는 뒤숭숭한 꿈을 꾸었습니다.

오래전 불이 났을 때의 꿈이었습니다.

그때 덤블트리는 큰언니에게서 떨어져 나와 겨우 주먹만 했습니다.

마른하늘에서 벼락이 떨어져 큰언니 몸에 불이 붙었습니다.

큰언니는 타들어 가는 몸으로 이리저리 굴러다니면서 태울 수 있는 것은 모두 태웠습니다.

"막내야, 달아나!"

큰언니는 바람에 휩쓸려 덤블트리에게 달려오면서 소리쳤습니다.

"무서워, 어떻게 해!"

덤블트리가 비명만 지르고 있을 때 곁에 있던 거북이가
덤블트리를 제 몸으로 덮었습니다.
"거북아, 뜨겁지? 뜨겁지?
이런, 등딱지가 탔네."
덤블트리는 꿈속에서 소리를 질렀습니다.

귓가에 어수선한 발자국 소리가 들리고 뭐라 떠드는 소리가
들렸습니다.
"덤블트리가 여기서 잠이 들었어."
"그렇구나. 어, 저기 거북이가 있다!"
그러다가 갑자기 주위가 조용해졌습니다.
덤블트리는 편안하게 깊은 잠 속으로 빠져 들었습니다.
그 잠은 오랫동안 아무런 방해도 받지 않고
계속되었습니다.

사막의 수다쟁이들

"덤블트리, 눈을 떠. 여름이 왔어!"

누군지 알 수 없는 힘찬 목소리에 덤블트리는 길고 긴 잠에서 깨어났습니다.

눈부신 햇살이 쏟아지고 있었습니다.

덤블트리는 몰라보게 커진 자신의 몸을 흐뭇하게 바라보았습니다.

"응?"

덤블트리는 자신의 그림자 아래에서 웃고 있는 두 마리의 거북이를 발견했습니다.

"누구……? 어머, 거북아!"

거북이가 그렇게 환한 얼굴을 한 적이 없었기 때문에 얼른 알아보지 못한 것입니다.

"우리도 있어."

하늘에서 독수리가 천천히 내려왔습니다.

바싹 마른 공기가 뜨거워 독수리는 새털처럼 가볍게 몸을 움직였습니다.

멀리 앞서 달려갔던 붉은여우도 먼지를 일으키며 달려오고 있었습니다. 더위에 혀를 좀 빼물기는 했지만 행복한 얼굴이었습니다.

"덤블트리야, 가자!"

거북이가 덤블트리를 슬쩍 밀었습니다.

투둑.

이미 바싹 말랐던 뿌리가 부러지면서 덤블트리는 자유로운 몸이 되었습니다.

"거북아, 네가 해냈구나.

친구를 찾았어!"

덤블트리는 따그락거리며 즐거워했습니다.

"다 너희들이 도와줬기 때문이야.

덤블트리야, 정말 기적 같은 일이 일어났단다."

예전의 거북이가 아니었습니다. 온몸에 생기가 돌고

말이 많아졌습니다.

"뭔데? 뭔데?"

덤블트리도 목소리가 높아졌습니다.

"바닷물이 사라지기 전에 만났던

예쁜 여자 거북이 이야기를 기억하니?"

"기억하고말고. 어머나 세상에, 이 애가 그 애란

말이야? 어머나 세상에, 정말 기적 같은 일이다.

안 그러니, 독수리야, 붉은여우야?"

"기적이지, 기적이야. 그 많은 세월이 흘렀는데

다시 만나다니."

붉은여우의 맞장구 뒤에 독수리의 장단이 붙었습니다.

"그럼, 그럼."

거북이가 암거북이에게 속삭였습니다.

"친구들이 많으니까 바다 속에서 살던 그때 같지?

그렇지?"

암거북이는 미소를 지으며 고개를 끄덕였습니다.

아주 아주 오래전, 바다 속 바위가 사막 위에 덩그러니

남았습니다.

바다도 사라지고 약속한 거북이도

보이지 않았습니다.

쓸쓸하고 외로웠지만 암거북이는 바위 아래를

떠나지 않았습니다.

'아주 긴 세월이었어.'

덤블트리가 암거북이 곁에 바싹 다가왔습니다.

덤블트리는 자기 일처럼 좋은지 유난히 큰소리를 냈습니다.

따그락, 따그락.

"아, 오늘 날씨 좋다."

독수리가 날개를 쫙 편 멋진 모습으로 하늘을 빙빙

날았습니다.

"빨리 가자. 가족들이 보고 싶다."

붉은여우는 말굽처럼 몸을 말며 껑충껑충 뛰었습니다.

그들은 뜨겁게 달아오른 자갈 사막을 유쾌하게 떠들며
걸었습니다.
땅속에서, 바위틈에서 나타난 사막 동물들이 거북이의
새색시를 보기 위해 사각이며 그들의 뒤를 따르고
있었습니다.

글쓴이의 말

사막의 친구들

1년 동안 비가 250mm 이하로 오는 곳을 통틀어 사막이라고 합니다.
인디언들이, 빵을 굽는 오븐 속처럼 뜨겁다고 하여 이름 붙인 빵 굽는 계곡,
사람이 들어가면 살아 돌아오지 못한다는 죽음의 계곡…… 이 모두가
한낮에는 화롯불처럼 뜨겁고, 한밤중이면 얼음 속처럼 추운 사막입니다.
오래전, 나는 그런 사막에 잠깐 동안 버려졌습니다.
사막을 가로질러 달리던 버스가 휴게소 한 채만 달랑 있는 화장실 앞에
멈췄고, 20분간 자유 시간이 주어졌습니다. 다른 이들이 화장실에 가는 동안
나는 사막 귀퉁이 한 자락을 들춰 보고 있었습니다. 본래 호기심이 많고
탐구적이거든요.
사막은 죽은 듯 고요했고 죽은 듯 무표정했습니다. 세상의 비밀을 다
알면서도 입을 꾹 다물고 있는 늙은 인디언 같은 표정이었습니다.
나는 사막에게 말을 시켜 보려고 안달을 부리다가 시간이 다 되어
뒤돌아섰습니다. 아, 그런데 버스가 사라진 것입니다. 나 참, 사막에서
어떡하라고……. 이왕 이렇게 된 것, 사막을 다시 둘러보았습니다.

멀리서 눈부시게 반짝이는 것이 소금이라는 것을 나는 압니다. 전에 그곳은 바다였거든요.

바다였던 그곳은 지각 변동으로 바닷물이 점점 멀어져 갔습니다. 그때 바닷물을 따라 나가지 못한 슬픈 거북이가 사막 어딘가에 살고 있다는 것도 나는 압니다.
우기에만 자라는 덤블트리는 죽은 듯 부서져 흩어져 있었습니다. 비가 오면 그것들은 마법이 풀린 듯 오로로 살아날 것입니다.
사막 어딘가에는 여우도 살고 있고, 인디언들의 사랑을 받는
독수리도 살고 있고…….

그렇게 사막과 막 친해지려는데, 뜨거운 열기로 아지랑이 흐느적거리는 저 멀리서 버스가 나를 찾아 돌아오고 있었습니다. 그때 나는 언뜻 거북이와 그들의 친구들을 보았는데, 손차양을 하고 다시 보았을 때 그들은 사라지고 없었습니다.
나는 그때 언뜻 보았던, 어쩌면 뜨거운 열기 때문에 헛보았을지도 모르는……
그 친구들이 아직도 그립습니다.

거북이, 장가보내기

글 소중애 | 그림 오정택

초판 제1쇄 인쇄일 2007년 6월 20일
초판 제1쇄 발행일 2007년 6월 25일

편집인 김민정 | **편집** 석정민 · 강주경
디자인 권석연 | **마케팅** 최영민

발행인 서경석 | **발행처** 청어람주니어
출판등록 제1081-1-89호
주소 부천시 원미구 심곡1동 353-3 녹십초 그린 아파트 306호
전화 032-663-7993 | **팩스** 032-663-7994
전자우편 itsmyheart@chungeoram.com

ⓒ 소중애 · 오정택, 2007

이 책의 내용을 쓰려면 저작권자와 청어람주니어의 허락을 받아야 합니다.

ISBN 978-89-251-0736-3 43810